A Kayla y Zinnia,
por siempre mis primeras lectoras
–S.B.

A Esther
–M.M.

Text copyright © 2022 by Stephen Briseño
Jacket art and interior illustrations copyright © 2022 by Magdalena Mora

All rights reserved. Published in the United States by Random House Studio,
an imprint of Random House Children's Books, a division of Penguin Random House LLC, New York.

Random House Studio with colophon is a trademark of Penguin Random House LLC.

Visit us on the Web! rhcbooks.com
Educators and librarians, for a variety of teaching tools, visit us at RHTeachersLibrarians.com

Library of Congress Cataloging-in-Publication Data is available upon request.
ISBN 978-0-593-48646-7 (Spanish trade edition) — ISBN 978-0-593-48655-9 (Spanish lib. bdg.)
ISBN 978-0-593-48659-7 (Spanish ebook)

The text of this book is set in 14-point Delima MT Pro.
The illustrations were rendered using colored pencil, pastel, gouache, and Photoshop collage.
Interior design by Rachael Cole

MANUFACTURED IN CHINA
10 9 8 7 6 5 4 3 2 1
First Spanish Edition

La guardiana de la libreta

UNA HISTORIA DE BONDAD DESDE LA FRONTERA

Stephen Briseño & Magdalena Mora

Traducción de Juan Vicario

RANDOM HOUSE STUDIO
NEW YORK

Mamá dice que nos queda un largo camino por andar.

Antes, el resplandor del sol bañaba el patio. La risa
de nuestros vecinos danzaba en las calles.

Ahora, papá se ha ido. Las calles son inseguras.
Nosotras también nos vamos.

Nuestro hogar ya no es un hogar.

–Ten fe, mi vida –dice mamá.

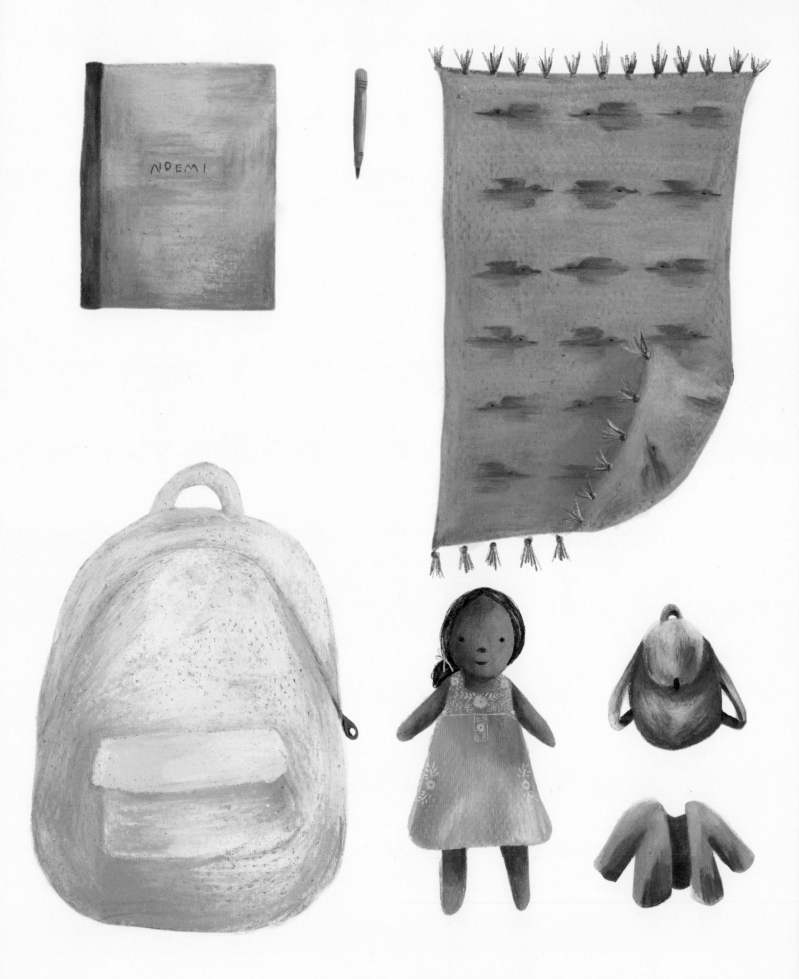

Solo empaco lo que puedo cargar.

Mi cobija.

Mi libreta.

Y mi muñeca.

Al inicio, nuestro andar es solitario.

Pero nuestro grupo crece.

Y se hace más colorido.

Cuando llegamos, no nos reciben amablemente.

–No pueden cruzar hoy. Vayan y busquen a la guardiana de la libreta. Que anote sus nombres. Ella les dirá cuando puedan cruzar.

Le pregunto a mamá qué quiere decir el hombre. Pero mamá se queda callada.

Un gentío espera.

Mamás. Papás. Abuelas y abuelos.

Niños como yo.

Aquí es difícil encontrar bondad.

Hasta que conozco a la guardiana de la libreta.

–Buenos días, amigas. Me llamo Belinda. Por favor díganme su nombre y país de origen.

Belinda abre su libreta. Las páginas están llenas de nombres y números.

–¿Y tú quién eres, chica? ¿De dónde eres?

–Me llamo Noemí. Soy de México.

–Me da gusto que estés aquí, Noemí. No te preocupes. Pronto vas a cruzar. Tu número es 653.

–653. 653 –repito el número una y otra vez.

653

1 Agustín Flores — Guatemala

2 Enrique Mejía — El Salvador

  Jerome Reyes — El Salvador

3 Fernanda García — Puebla

4 Manuela Morales — Guerrero

5 Araceli Rojas — Michoacán

  Noemí Jiménez — Michoacán

6 Jesús Salazar — Venezuela

7 Fermín Ortega — Puebla

8 Daniel Cadet — Haití

654

1 Simon Jean-Baptiste — Haití

2 Wesley Guillame — Haití

Nos acostumbramos a una nueva vida.

Nuestro hogar es diferente. No es como el de antes.

Nuestra cena es diferente. No es como la de antes.

Mamá también es diferente. La inquietud ensombrece sus ojos.

–¿Nos llamarán mañana, mamá?

–No sé, Noemí. No sé.

Al salir el sol, Belinda anuncia:

—574, Cano. 574, Saldaña. 574, Treviño.

A la mayoría los dejan pasar.

Algunos regresan.

Aunque mi corazón está afligido, Belinda nos da aliento.

–Por favor, todos, tengan fe. Pronto llamarán sus números. Yo soy como ustedes. Yo también estoy esperando que llamen mi número. Tengan paciencia.

Me pregunto cómo puede mantener Belinda su sonrisa. Siento que la mía se va apagando cada día.

–¿Cómo estás tan feliz haciendo este trabajo, Belinda? –le pregunto.

–Éste no es mi trabajo, Noemí. Soy voluntaria.

–¿De verdad?

–Un hombre de Guatemala llamado Tomás me eligió como guardiana de la libreta cuando llamaron su número. Y cuando yo escuche mi número, voy elegir a alguien para que tome mi lugar.

–¿Cómo sabrás a quién escoger?

–Escogeré a alguien con generosidad en su corazón y bondad en su alma –dice Belinda.

–Pero, ¿cómo encontrarás a esta persona? ¿Cómo sabrás?

Se queda callada.

Los días se
vuelven semanas.

Me preocupa
que nuestro día
nunca llegue.

Quisiera que aquí hubiera más gente como Belinda.

Tomo una decisión.

Un día, llaman el número de Belinda.
Estoy triste, pero también feliz.

    –Creo que ustedes dos son las
indicadas para encargarse de esto por
nosotros.

Es difícil decirle adiós a Belinda, nuestra guardiana de la libreta.

Me pregunto qué va a pasar con ella.

Me pregunto cuándo escucharemos nuestro número.

Pero mamá y yo daremos aliento, consejo y consuelo.

Como lo hizo Belinda.

Por los que están aquí.

Por los que esperan.

Por los que todavía tienen un largo camino por andar.

NOTA DEL AUTOR

La historia de Noemí les será familiar a los miles de refugiados que, en busca de asilo en los Estados Unidos, se han reunido en el puerto de entrada de San Ysidro en Tijuana, México.

En este puerto de entrada, elegían a un refugiado para encargarse de la libreta, una lista no reconocida oficialmente que contenía los nombres de quienes buscaban asilo. Cuando llegaban nuevas personas, quien llevaba la libreta escribía sus nombres y sus países de origen y les daba un número que generalmente se les asignaba a varias familias. Y esperaban.

Cada mañana, los funcionarios de la Aduana y Protección Fronteriza le notificaban a quien llevaba la libreta cuántos refugiados podrían solicitar asilo. Después, quien llevaba la libreta llamaba a los siguientes en la fila por apellido y número.

Al final del día, la libreta se le entregaba a un representante de los Grupos Beta –la rama de asistencia humanitaria del Instituto Nacional de Migración– para su custodia.

Las familias –huyendo de persecución, pobreza y violencia– esperaban en la fila por semanas, a veces meses, a que llamaran su número. Aún así, a muchos se les negaba el ingreso a los Estados Unidos, forzándolos a encontrar esperanza en otro lugar.

Al llegar el turno de quien llevaba la libreta, se escogía un nuevo encargado de entre la fila.

Nadie conoce el origen preciso del sistema de la libreta en San Ysidro, y al momento de escribirse este libro, ya no opera. Terminó con el brote de la pandemia Covid-19, cuando cerraron la frontera.

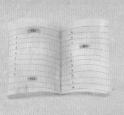

El salvadoreño José Cortés, guardián de la libreta, en Tijuana, México.
20 de junio de 2020.

REFERENCIAS

Brayman, Lolita y Robert Langellier. "The Notebook: Asylum Seekers Improvise a New Border
Bureaucracy" [La libreta: Solicitantes de asilo improvisan una nueva burocracia fronteriza].
The Nation, 30 de noviembre de 2018, thenation.com/article/notebook-border-tijuana.

Carcamo, Cindy. "For many waiting in Tijuana, a mysterious notebook is the key to seeking asylum"
[Para muchos esperando en Tijuana, un misterioso cuaderno es la clave para buscar asilo].
Los Angeles Times, 5 de julio de 2018, latimes.com/local/california/la-me-asylum-seekers-notebook-
holds-key-to-entry-20180705-story.html.

"Let Me Count the Ways" [Déjame contar las maneras]. *This American Life*, 14 de septiembre de 2018,
thisamericanlife.org/656/let-me-count-the-ways.

Sieff, Kevin y Sarah Kinosian. "For migrants in Tijuana, seeking asylum in U.S. starts with a worn
notebook" [Para migrantes en Tijuana, buscar asilo en los Estados Unidos comienza con un cuaderno
desgastado]. *The Washington Post*, 27 de noviembre de 2018, washingtonpost.com/world/
the_americas/for-asylum-seekers-in-tijuana-fellow-migrants-are-organizing-force/2018/11/27/
41028e0a-f1bb-11e8-99c2-cfca6fcf610c_story.html.